দ্বীপ ০

অনুত্তম দাস

ISBN 979-888521145-1

বিষয়বস্তু

স্বীকার

আমি আমার সেরা বন্ধু অগ্নিক দাসের কাছে কৃতজ্ঞ যিনি আমাকে গল্প লিখতে অনুপ্রাণিত করেছেন।

লেখক সম্পর্কে

অনুতম দাস একজন ভারতীয় লেখক। তিনি 2007 সালে জন্মগ্রহণ করেন। তিনি ভারতের পশ্চিমবঙ্গের কলকাতায় বসবাস করেন। তার বয়স 14 বছর। 12 বছর বয়সে তিনি লেখালেখি শুরু করেছিলেন। তিনি স্কুলে [মহর্ষি বিদ্যা মন্দির] পড়েন। সে তার পরিবারের সাথে থাকে। তাঁর লেখাগুলি হল অভিজন মাথুর, রোমান্টিক ভার্সেস, দ্য ক্লটো অ্যান্ড এরিস ইত্যাদি।

প্রথম অধ্যায়

1
দী বাক্স

20শে মার্চ 2020, আমি সেই দিন আমার সমস্ত বন্ধুদেরকে আমার বাড়িতে একটি জড় হওয়ার জন্য ডেকেছিলাম। বিকেলে আমরা একটি ক্রিকেট বল খুঁজতে স্টোররুমে ছিলাম। আমার এক বন্ধুও খোঁজ করছিল, সে সময় সে একটা বাক্স পেল, ধাতুর তৈরি। সে, বাক্সটি নিয়ে স্টোররুম থেকে বেরিয়ে আসে এবং আমাকে সে সম্পর্কে বলে। আমি সেই বাক্সটি দেখে হতবাক হয়ে গিয়েছিলাম কারণ আমার বাবা আমাকে সেই বাক্সটির কথা অনেকবার বলেছিলেন। তিনি কিশোর বয়স থেকেই খোঁজাখুঁজি করছিলেন। আমাকে বলা হয়েছিল যে বাক্সটিতে একটি দ্বীপ সম্পর্কে তথ্য রয়েছে। সুতরাং, আমি যখন এটি পেয়েছিলাম তখন আমিও উত্তেজিত ছিলাম। আমি খুলতে চেষ্টা করেছি কিন্তু পারছি না। আমি জানি না কেন, আমার সব বন্ধুরা এটি খুলতে চেষ্টা করেছিল কিন্তু তারা পারে না। তারপর আমি বাক্সটি নিয়ে স্থানীয় একটি তালা এবং চাবির দোকানে গেলাম। তারা বাক্স খুলতে সফল হয়। তারপর আমি আমার বাড়িতে ফিরে আসি এবং আমি আমার সমস্ত বন্ধুদের আমার ব্যক্তিগত ঘরে নিয়ে যাই এবং আমরা সবাই বাক্সে কী ছিল তা জানতে উত্তেজিত ছিলাম। আমি এটি খুললাম এবং আমরা একটি বই দেখলাম; একটি দিকনির্দেশক; একটি মানচিত্র; একটি লকেট; একটি চাবি এবং 10,000 টাকা। টাকা দেখে হতভম্ব হয়ে গেলাম।

আমার বন্ধু স্বস্তিক বইটি পড়তে নিয়েছিল কারণ সে পড়তে ভালোবাসে। ও তা নিয়ে ঘরের কোণে বসতে গ্যালো যাতে কেউ তাকে বিরক্ত করতে না পারে। আমি টাকা এবং মানচিত্র নিলাম. অগ্নিক কম্পাস আর লকেট নিল। চাবি নিল সাম্মিক। মানচিত্রে স্থানটি অনুসন্ধান করার জন্য আমি ভূতত্ত্ব এবং বিশ্ব সম্পর্কিত সমস্ত বই নিয়েছি। সাম্মিক আমাকে সাহায্য করছিল। আধাঘন্টা পর সাম্মিক আমাকে ডাকল: "অনুত্তম আমি সেই জায়গার তথ্য পেয়েছি। এটি একটি দ্বীপ এবং জায়গাটি খুবই বিপজ্জনক এবং রহস্যময়। এটি লিখেছেন M.LENIS একজন দুঃসাহসিক। "M.LENIS" নামটা শুনেই

উঠে পড়লাম এবং M.LENIS-এর "Journey of the Ocean" বইটি বের করলাম। এই বইটি আমি বহুবার পড়েছি। আমি পৃষ্ঠা 288 খুললাম যেখানে লেখক সেই দ্বীপ সম্পর্কে লিখেছেন। তিনি দ্বীপটির নাম দিয়েছেন "ও"। কিন্তু কেন কেউ জানি না। আমি সেই দ্বীপের মানচিত্র দেখার পর আমি এর আকৃতির জন্য চিন্তা করি [এটি ঠিক "O"] এর মতো] তাই, নাম দেওয়া হয়েছে "O"।

কিছুক্ষণ পর স্বস্তিক চেঁচিয়ে উঠল: ওহ! আমরা সবাই স্বস্তিককে জিজ্ঞাসা করলাম যে "কি হয়েছে? ও আমাদের বলল যে ও কিছু আকর্ষণীয় এবং দরকারী তথ্য পেয়েছেন। ও আমাদের বলল যে দ্বীপের মাঝখানে একটি সবচেয়ে মূল্যবান জিনিস রয়েছে। ও আমাদের এটাও বলল যে আমার পিতামহ সেখানে গেছেন, ও জানত কারণ বইটি আমার পিতামহের লেখা। আমার পিতামহ 1972 সালে সেখানে গিয়েছিলেন এবং 1999 সালে ফিরে এসেছিলেন। আমরা সকলেই সমস্ত তথ্য জেনে অবাক হয়েছিলাম। আমরা সমস্ত তথ্য দ্বারা অনুপ্রাণিত হয়েছিলাম। তাই, আমরা যাওয়ার সিদ্ধান্ত নিয়েছিলাম। আমাদের টাকাও আছে তাই টাকা নিয়ে আমাদের কোন সমস্যা নেই।আমাদের জাহাজ, খাবার এবং কিছু প্রয়োজনীয় উপকরণের ব্যবস্থা করতে হবে।

The Box

2

যাত্রার ব্যবস্থা

দেখতে দেখতে ২ দিন চলে গেল। আমরা যাত্রার জন্য খাবারের ব্যবস্থা করেছি। অগ্নিক আমাদের বলেছিল যে তার মামা একজন নাবিক এবং তিনি জাহাজের ব্যবস্থা করবেন। আমরা অগ্নিককে বলেছিলাম যে সে তার মামাকে আমাদের যাত্রায় নিয়ে যাবে, তাই আমাদের যাত্রায় কোন সমস্যা হবে না। ও তাতে রাজি। তার মামা ও আমাদের সাথে আসতে রাজি হলেন। দুই থেকে তিন দিনের মধ্যে আমরা প্রয়োজনীয় সব জিনিসপত্র গুছিয়ে নিয়েছি।

26শে মার্চ 2020 রাতে আমরা কলকাতা সমুদ্র বন্দর থেকে আমাদের যাত্রা শুরু করি।

3

যাওয়ার পথে

আমরা 2020 সালের 26 মার্চ রাতে খিদিরপুরের কলকাতা সমুদ্র বন্দর থেকে আমাদের যাত্রা শুরু করি। আমাদের জাহাজের নাম ছিল রানী। অগ্নিকের মামা জাহাজ চালাচ্ছিলেন। আমরা সেখানে যেতে খুব উত্তেজিত ছিলাম. 27শে মার্চ 2020 সন্ধ্যায় হঠাৎ সামুদ্রিক ঝড় শুরু হয়। আমরা খুব ভয় পেয়েছিলাম। দুদিন পর থেমে গেল ঝড়। দুদিনের মধ্যে আমাদের জাহাজের বাইরের উপরের অংশটি ধ্বংস হয়ে গেছে। বাইরের কেবিনটি মারাত্মকভাবে ধ্বংস হয়ে গেছে। অগ্নিকের মামা আমাদের জানান যে আমরা ইদানীং সেখানে পৌঁছব। সেখানে পৌঁছতে আমাদের কয়েক সপ্তাহ সময় লাগবে। ঝড় থামার পর ধ্বংসপ্রাপ্ত অংশ উদ্ধার করা হয়।

3 সপ্তাহ পর আমরা সেই দ্বীপের কাছাকাছি ছিলাম। ২রা এপ্রিল রাতে আমরা যখন ঘুমাতে যাচ্ছিলাম তখন অগ্নিকের মামা আমাদের কেবিনে এসে বললেন যে আমরা সকালে দ্বীপে পৌঁছে যাব। আমরা এটি সম্পর্কে জানতে খুব খুশি. উত্তেজনার জন্য আমি সেই রাতে ঠিক করে ঘুমাতে পারি নি।

The storm

4

দ্বীপে অবতরণ

3রা এপ্রিল 2020। সকালে ঘুম থেকে উঠলাম। দেখলাম অগ্নিক কেবিনে নেই। তারপর কেবিন থেকে বেরিয়ে আউটার কেবিন ছাড়া জাহাজের সব জায়গায় অগ্নিককে খুঁজলাম। আউটার কেবিনে এসে দেখলাম জাহাজের সামনের প্রান্তে কিছু গাছ দেখা যাচ্ছে। এটা দেখে আমি হতবাক হয়ে গেলাম। আমি ভেবেছিলাম যে দ্বীপ। আমি অগ্নিককে তার মামার সাথে দ্বীপের তীরে দেখলাম। আমি অগ্নিককে "আরে অগ্নিকক্ক" বলে ডাকলাম!!! সে চিৎকার করে বললো "আরে অনুতম!! আমরা দ্বীপে পৌঁছে গেছি। "ওদের সবাইকে ডেকে তীরে এসো"- অগ্নিক এর মামা বলল। আমি "ঠিক আছে" বলে চিৎকার করে উঠলাম। আমি কেবিনে ফিরে এসে দেখি সবাই জেগে উঠেছে। আমি বললাম আমরা দ্বীপে পৌঁছে গেছি। খবরটা শুনে সবাই খুব খুশি হল। আমরা সবাই তাদের কাছে গেলাম এবং আমরা সবাই খুব উত্তেজিত ছিলাম

Enter Caption

5

দি কুঁড়েঘর

কিছুক্ষণ পর সাম্মিক দ্বীপে প্রবেশ করল। দ্বীপের প্রবেশ পথে একটি জঙ্গল ছিল। তারপর হঠাৎ সাম্মিক চিৎকার করে উঠল: "বন্ধুরা"। আমরা সবাই ছুটে গেলাম সাম্মিকের কাছে। আমরা সবাই সাম্মিককে জিজ্ঞেস করলাম কি হয়েছে। সাম্মিক বলল: "সোজা দিকে দেখ, একটা কুঁড়েঘর আছে" এই জনবসতিহীন দ্বীপে একটা কুঁড়েঘর দেখে আমরা সবাই হতবাক হয়ে গেলাম। অগ্নিকের মামা কুঁড়েঘরের দরজা খুললেন। ঘরে মাকড়সার জাল ভর্তি ছিল। আমরা একটি কাঠের টেবিল, জিনিসপত্র ভরা একটি আলমারি এবং একটি বাক্স দেখলাম। কুঁড়েঘর থেকে একটা অদ্ভুত পুরানো গন্ধ আসছিল। স্বস্তিক আর আমি বাক্সটা নিয়ে খুললাম। আমরা বাক্সটি খোলার সাথে সাথে বাক্স থেকে সিলভারফিশের একটি ঝাঁক বেরিয়ে আসে এবং যত দ্রুত সম্ভব অদৃশ্য হয়ে যায়। বাক্সে 5টি শটগান এবং 40টি বুলেটের একটি প্যাকেট এবং দ্বীপের ভিতরের অংশের একটি মানচিত্রও ছিল। আমরা সবাই একটি করে শটগান এবং 9 প্যাকেট গুলি নিয়েছিলাম।

The Hut

6

দি দৈত্য টিকটিকি

কয়েক মিনিট পার হওয়ার পর সাম্বিক, স্বস্তিক, অগ্নিক জানালো তাদের খিদে পেয়েছে। আমিও ছিলাম. অগ্নিকের মামা বললেন, সব খাবার জাহাজে আছে। আমি বললাম দ্বীপে ফল হবে। আমিও বললাম আমি গিয়ে কিছু ফল নিয়ে আসি। আমি শটগান নিয়েছিলাম এবং এটি লোড করে একটি ম্যাচস্টিক নিয়ে গিয়েছিলাম। কিছুক্ষণ পর, আমি একটি দৈত্যাকার টিকটিকির ডিমের উপর হাঁটছিলাম কিন্তু আমি সেই মুহূর্তে জানতাম না। যখন একটা ডিম ফাটল তখন বুঝলাম আমি ডিমের উপর হাঁটছি। বিষয়টি জেনে আমি হতবাক হয়ে গেলাম। ডিমগুলো অনেক বড় এবং রঙের ছিল। তারপর পাশেই দেখলাম টিকটিকির মতো একটি দৈত্যাকার প্রাণী ঘুমিয়ে আছে। এটা দেখে আমি ভয় পেয়ে গেলাম। ওখান থেকে পালানোর জন্য ডিমের উপর দিয়ে ধীরে ধীরে হাঁটলাম কিন্তু টিকটিকি জেগে উঠল। আমাকে দেখে সে আমাকে আক্রমণ করেছিল কিন্তু আমি তার প্রথম আক্রমণ থেকে রক্ষা পাই। আমি যত দ্রুত পারি দৌড়ালাম। সরীসৃপটিও আমাকে ধরার জন্য আমার পিছনে ছুটছিল। আমি মাটিতে পড়ে গিয়েছিলাম এবং আমি খুব ভয় পেয়েছিলাম কারণ আমি জানতাম যে এখন আমাকে টিকটিকি খেয়ে ফেলবে। আমি ভগবানের নাম জপ করতে লাগলাম। তখন মনে পড়ল আমার কাছে শটগান আছে। আমি শটগান বের করে সাহস নিয়ে উঠে দাঁড়ালাম। টিকটিকি আমার আরও কাছে চলে এল। সে আমাকে আক্রমণ করার সাথে সাথেই আমি তার উপর গুলি চালাই এবং টিকটিকি চিৎকার করে উঠল আআহহহ!!!!! তখন জঙ্গলে পিন ড্রপ নীরবতা। টিকটিকি মাত্র কয়েক ঘন্টার জন্য অজ্ঞান হয়ে গিয়েছিল।

তারপর আমি দূরে গিয়ে কিছু কলাগাছ দেখলাম এবং আমি উপরে উঠে দুই গোছা কলা নিলাম। আমি কুঁড়েঘরে ফিরে এলাম এবং ঘটনাটি ওদের সবাইকে বললাম। ওরা সবাই আমাকে বলল যে আমি খুব সাহসী। একজন সাহসী মানুষ

Enter Caption

7

দী সোনার কাঠি

রাতে, অগ্নিকের মামা বললেন যে আমরা পরের দিন সকালে দ্বীপটি অন্বেষণ শুরু করব। স্বস্তিক আমাদের বলেছিল যে এই দ্বীপের মাঝখানে একটি "গোল্ডেন স্টিক" রয়েছে যা এই দ্বীপের শক্তি। ওই বাক্স থেকে পাওয়া ওই বইয়ে লেখা ছিল। সুতরাং, আমরা সবাই দ্বীপটি অন্বেষণ সম্পর্কে উত্তেজিত ছিলাম।

পরের দিন আমরা সবাই সকাল ৬টায় ঘুম থেকে উঠলাম। আমরা সবাই ফ্রেশ হতে এবং নাস্তা করতে এক ঘন্টা সময় নিলাম। সকাল 7 টায় আমরা আমাদের অ্যাডভেঞ্চার শুরু করি। আমরা জঙ্গলের মধ্যে দিয়ে গেলাম। জঙ্গল পার হতে কয়েক ঘন্টা লেগে গেল। জঙ্গল পেরিয়ে আমরা সমুদ্রের সাথে সংযুক্ত একটি নদীর ধারে এলাম। নদীর একটি অদ্ভুত ব্যাপার হলো পানি ছিল মিষ্টি। এতে আমরা সবাই হতবাক হয়ে গেলাম। দ্বীপে মাশরুমও ছিল। 12a.m., আমরা দ্বীপের অর্ধেক কভার করেছি। আমরা সেই মানচিত্রে আঁকা পথ দিয়ে যা-ছিলাম। দ্বীপের মাঝখানে এসে আমরা সোনার উপত্যকা দেখতে পেলাম। তা দেখে আমরা অবাক হয়ে গেলাম। "গোল্ডেন স্টিক" একটি উপত্যকায় ছিল। আমার প্রপিতামহের লেখা তথ্য ছিল যে "গোল্ডেন স্টিক" এমন একটি উপত্যকায় স্থাপন করা হয়েছিল যার বাইরের অংশে সোনা ছিল না। উপত্যকার শিকল ছিল। প্রথম দিনে, আমরা এটি খুঁজে পেলাম না। রাতে আমরা একটা গুহায় বিশ্রাম নিলাম। সেদিন রাতে অগ্নিক ছাড়া সবাই ঘুমিয়েছিল। ও কাঁদছিল। আমি ওর কান্না শুনে ঘুম থেকে উঠে ওর কাছে গিয়ে জিজ্ঞেস করলাম, কি হয়েছে? ও বলল যে ও তার বাবা-মাকে মিস করছে। আমি বললাম চিন্তাকরিসনা আমরা "গোল্ডেন স্টিক" পাওয়ার সাথে সাথেই বাড়ি ফিরব। তারপর ও ঘুমাতে গেল। আমিও ঘুমাতে গেলাম। সকালে আমরা আবার সেই ধরনের উপত্যকা খুঁজতে শুরু করলাম। আমরা 2-8 কিমি হাঁটলাম. তারপর আমরা সেই ধরনের উপত্যকা দেখলাম। 1 কিমি হাঁটার পর আমরা সেই উপত্যকারকাছেএলাম। একটা গুহা ছিল। "গোল্ডেন স্টিক" পেতে

আমাদের গুহার মধ্য দিয়ে যেতে হবে। গুহা অন্ধকার ছিল। আমরা সবাই হাতে মসালনিইগুহায়প্রবেশকোরলাম। গুহার দেয়ালে মাকড়সার জালভর্তিছিল। কিছুক্ষণ পর আমরা গুহায় আলোর রশ্মি দেখতে পেলাম। তারপর আমরা আমাদের মসালবন্ধ করে দিলাম। 1.5 কিমি পথ হাঁটার পর আমরা একটি কাঠের সেতু কাছেএলাম যা মোটা দড়ি দ্বারা শক্ত করেবাধাহয়েছিল। তারপরে আমরা আরেকটি ব্রিজ পেরিয়ে এলাম কিন্তু এটি ধাতু দিয়ে তৈরি। এটি আকারে ছোট ছিল। অবশেষে, আমরা "গোল্ডেন স্টিক" এরকাছেএসেছি। এটি একটি বড় পাথর দিয়ে সংযুক্ত ছিল। সেই পাথরে একটি চক্র ছিল। সান্নিক লাঠিটা বের করার চেষ্টা করে কিন্তু পারে না। একে একে আমরা সবাই চেষ্টা করেছি কিন্তু পারিনি। তারপর অগ্নিক লকেটটা বের করে চক্রের মাঝখানে রাখল।তারপর পাথর থেকে "গোল্ডেন স্টিক" বেরিয়ে এল। আমরা সবাই অগ্নিকের প্রশংসা করি। আমি লাঠিটা নিলাম এবং আমরা সবাই গুহা থেকে বেরিয়ে এলাম কিন্তু ফিরে আসার সময় আমরা কিছু বিপদের সম্মুখীন হলাম। আমাদেরএকটি বিশাল কালো মাকড়সা, একটি গরিলা ইত্যাদিআক্রমণ করেছিল, কিন্তু পিস্তলের কারণে আমরা তাদের আক্রমণ থেকে রক্ষা পেয়েছি।

কুঁড়েঘরে ফিরতে আমাদের2 দিন সময় লেগেছিল। যেদিন আমরা ফিরে আসি সেটাই ছিল দ্বীপে আমাদের শেষ দিন।

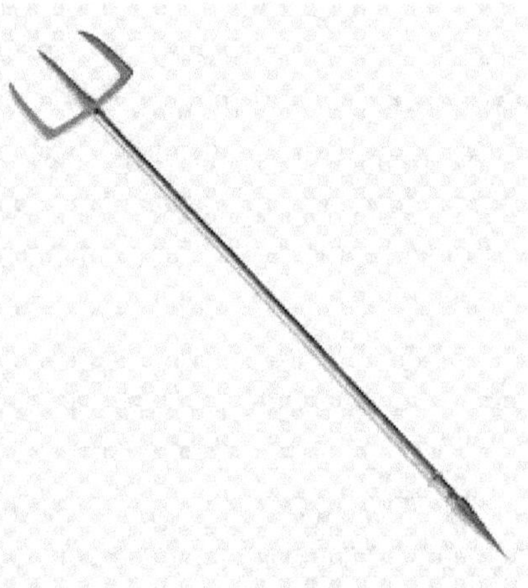

Enter Caption

8

দেশে ফেরা

অগ্নিকের মামা আমাকে বললেন যে গিয়ে কিছু ফল নিয়ে আসো কারণ জাহাজে সীমিত খাবার আছে। আমি বললাম ঠিক আছে। তারপর ব্যাগ গুছিয়ে একটা টর্চ নিয়ে কিছু ফল আনতে গেলাম। কয়েক মিনিট হাঁটার পর, আমি এমন কিছু দেখলাম যা আমাকে হতবাক করে দিল। আমি এমন একটি দৃশ্য দেখলাম যা আমাকে ভয় পাওয়া ল। দেখলাম জ্বলন্ত আগুন দ্বীপের তীরের দিকে আসছে। দ্রুত দৌড়ে গেলাম কুঁড়েঘরের দিকে। কুঁড়েঘরে পৌঁছে আমার শ্বাসকষ্ট হচ্ছিল। আমি তাদের সে বিষয়ে বললাম। ওরা সবাই আতঙ্কিতও হল। ওই সময় জাহাজে ছিল অগ্নিক।

সাগ্নিক, স্বস্তিক, অগ্নিকের মামা সেখানে ছিলেন। আমি বলার পর অগ্নিকের মামা আমাকে বললেন আমি যা দেখেছি তার বর্ণনা দিতে। আমি বলেছিলাম যে আমি উপত্যকায় আগ্নেয়গিরির অগ্ন্যুৎপাত দেখেছি। স্বস্তিক বলল যে আগ্নেয়গিরির অগ্ন্যুৎপাত শুরু হয়েছে "গোল্ডেন স্টিক" এর জন্য। কারণ "গোল্ডেন স্টিক" এই দ্বীপের শক্তি। স্বস্তিক বলল যত তাড়াতাড়ি সম্ভব এই দ্বীপ ছেড়ে যেতে হবে। তাই আমরা ভারী লাগেজ নাড়াচাড়া শুরু করলাম। আমরা একটি বড় ধাতব ট্রাঙ্কে "গোল্ডেন স্টিক" নিয়েছিলাম। আমরা 15 মিনিটের মধ্যে সম্পূর্ণ তিনটি ট্রাঙ্ক স্থানান্তর সম্পন্ন করেছি। সব নাড়াচাড়া করার পর স্বস্তিক, সাগ্নিক আর আমি আবার কুঁড়েঘরে এলাম ব্যাগ নিতে। আমরা যখন আবার তীরে ফিরছিলাম তখন দেখলাম আগ্নেয়গিরি আমাদের দিকে আসছে। এটা দেখে আমরা ভয় পেয়ে গেলাম। আমরা যত দ্রুত সম্ভব দৌড়াতে লাগলাম। কিছুক্ষণ পর দেখলাম সাগ্নিক মাটিতে লুটিয়ে পড়েছে। আমি দৌরানো বন্ধ করে দিলাম। স্বস্তিক দেখে থমকে গেল। আমি বললাম স্বস্তিক আমাদের জন্য থামতে না, এই বিপদ থেকে পালিয়ে যা, আমরা জাহাজে পৌঁছে যাব। এরপর স্বস্তিক আবার দৌড়াতে শুরু করে। আমি সাগ্নিকের কাছে গিয়ে বললাম কি হয়েছে। ও বলে, আমি জানি না কেন মাটিতে পড়ে গেলাম। আমরা যত তাড়াতাড়ি পারি এখান থেকে চলে

যেতে হবে। তারপর সান্নিক উঠে দাঁড়িয়ে আবার দৌড়াতে শুরু করে। আমিও আবার দৌড়াতে লাগলাম। দেখলাম আগ্নেয়গিরি আমার দিকে এগিয়ে আসছে। দেখে ভয় পেয়ে গেলাম। আমি সবচেয়ে দ্রুত দৌড়ালাম। অবশেষে, আমি জাহাজে আসতে পারি। এসে দেখি সান্নিক আছে। আমি তাকে দেখে খুশি হলাম। আমরা সবাই দেখলাম যে দ্বীপটি জ্বলছে। আমরা সবাই দু:খিত ছিল. আমরা 10 এপ্রিল 2020 রাতে আমাদের দেশে ফেরার যাত্রা শুরু করি। দুই সপ্তাহ পর আমরা কলকাতার খিদ্দারপুর সমুদ্রবন্দরে, ভারতে অবতরণ করি। আমরা সকালে পৌছাই। আমরা বন্দরে প্রচুর মানুষের ভিড় দেখলাম। মিডিয়াও ছিল। আমরা জানি না কেন। তখন আমরা শুনতে পাই একটি শিশু চিৎকার করছে "রানি এসেছে"। তখন আমরা বুঝতে পারি যে তারা সবাই আমাদের জন্য অপেক্ষা করছিল কারণ আমরা একটি অ্যাডভেঞ্চার থেকে ফিরছি। কিন্তু কে আমাদের কথা বলেছে তা আমরা জানি না। তারপর আমরা জাহাজ থেকে বেরিয়ে এসে মিডিয়ার মুখোমুখি হলাম, তারা অনেক প্রশ্ন করছিল। আমরা কোনো উত্তর দেইনি। আমরা সেখান থেকে পালিয়ে যাই।

এক মাস পর আমরা ভারত সরকারকে সোনার কাঠি দিই। এরপর লাঠিটি একটি ঐতিহাসিক জাদুঘরে রাখা হয়।

Enter Caption